杜大伟

古韵水墨

杜大伟 著

北京工艺美术出版社

　　杜大伟，1959年生于河南开封，祖籍安徽萧县，现任《书法导报》副总编辑、国际书法家协会理事、中国书法家协会会员、中原印社副社长、江苏国画院及河南书画院特聘画家。

　　其书画作品和书法创作专题报道曾刊发于《西泠艺丛》、《书与画》、《美术报》、《书法导报》、《中国书画报》、《中国书法》、《书法》、《书画之友》、《书法报》、《当代中国书法艺术大成》以及国内外众多书画艺术专题展览作品集，国内多家专业艺术网站发布其书画专题。

艺术历程：

2000年　山东菏泽博物馆举办杜大伟书画作品展。

2002年　广东东莞可园博物馆举办杜大伟书画作品展。

2004年　出版《杜大伟扇面集》。

2005年　《荣宝斋》杂志连载杜大伟绘画作品。

2006年　《十方艺术》杂志连载杜大伟绘画作品。

2007年　《艺谭》、《艺术与财富》杂志分别刊发专题报道。

2008年　《艺术中国》、《新美域》杂志分别刊发专题报道。

2008年　出版个人画集《<艺术·中国>点将·杜大伟》

2008年　东莞长安图书馆举办杜大伟绘画作品展。

2009年　10件绘画作品参加广东岭南画院举办的"河南省中国画名家8人作品邀请展"。

2009年　出版《杜大伟书法楹联选集》。

2010年　绘画作品参加"宋庄美术馆开馆暨中国画名家作品邀请展"，《中国书画印》杂志刊发其绘画专题报道。

天惊地怪 真思卓然　　俞丰

严格地说，我应该尊称杜大伟先生为老师，这不仅因为他年长我十余岁，也因为他独特的艺术个性和卓越的艺术成就一直是我心中的榜样。在我与他相识的数年间，虽因两地悬隔，相见为难，然每每相见，他直率简朴的作风、平和温厚的性格，使我妄言无惧、忘形尔汝，觉得如同与一位素交亲厚的兄长相对，持之太恭，反失敬爱之美。所以在我心目中，大伟先生既是老师，也是兄长。

如果有人说，第一次看到大伟的画作而不惊怪，那我倒是要有点惊怪了。乍看他的花鸟画，真可谓是"天惊地怪"，但见张扬的线条横亘于画面，构图随意，从杂扭结的枝干交织于画面，分枝布叶完全漠视传统的"出招"规范。画中的禽鸟若非喙细身肥，便是脯圆目楞。他的人物画则更是兽体蛙肢、怪形鬼面、喜怒纷呈。即便不视之为怪诞，也要怀疑是《山海经》中"大荒西经"的插图了。对看惯了雅逸恬淡、雍容华丽的传统中国画的人来说，他的画是一种严重的离经叛道。然而我所为之震动的，正是由于他作品中充沛的情感流露和丝毫没有做作之气的坦率画风。他的画，我以为既是最难读懂的，也是最易理解的；既是最现代的，也是最传统的。从他的作品中，我看到了艺术家的巨大真诚和执著——能够在作品中敢于坦诚地直诉，绝不委屈做媚俗的嘴脸和精致的卖弄。

大伟的画之所以容易理解而且十分传统，正是由于他作品的基本出发点牢牢地抓住了中国画的灵魂——笔墨，以至于决绝专注、忘乎所以、义无反顾。笔墨是中国画发展的命脉，情感借笔墨而发，气韵由笔墨而生，物象为笔墨而立。抓住了"笔墨"这一出发点来看他的画，他所坚守的底线是十分明显的。他的画，行不离笔，动不离墨，在这一点上，是传统到不能再传统了。大伟先生是书法家，他笔下的线条，时而钝拙、时而奋迅、时而迟涩、时而犀利。他兼有北人之质和南人之文，因此墨法凝而润、清而厚、纯而浓。他的用笔大胆而勇于变通，因此气度宽畅、执正能化。他作品中严谨的探索态度、纯正的笔墨技巧、明确的审美取向使人一目了然。他的笔墨并没有完全脱离了形象而走向抽象的极端，因此虽然略显怪异，却仍属具象。他作画时一如作字，每将画纸铺于案头，坐在案前，发自一角，随笔而出，且画且动，顺势而下，与其说是作画，更可说是作字。本于此，读他的画当如读字，看他的画不必全盘看，要顺着他的笔势慢慢走，如此，才能品出其中的深意，赏到内在的韵致，才能被他所营造的那种醇厚、清甘的笔墨意境所感动。

正是由于过分专注于笔墨，使得造型被屈居于次，因此他的作品中才呈现了某些形象怪异、夸张的形象。中国书法中有笔法生结构之说，他的画，则是笔法生章法。形象的构成往往不是造型的需要，而是笔墨的必然之势。当其笔墨酣畅时，枝叶纠结；当其意态消闲时，花石舒朗。线忌于平，笔忌于板，线条的游走带动了造型的扭曲，行于不得不行，止于不得不止。非刻意于夸张，乃不得不变形。他的每一幅作品，就像一部严谨的纪录电影，一篇忠实的报告文学，笔墨清晰地记录了他作画时的情感律动，他将中国画高超的审美情趣和不息的生命动力把握得十分准确，而且展现得自然真诚。

中国画强调外师造化，中得心源。大伟的花鸟画改变了传统花鸟画法中折枝断写、捕捉动态、删繁就简、雕琢形象的方式，采用了一种整体关照、印象表现的全新角度，因此他的作品气势强劲、活力旺盛。摒弃了传统中国画孤芳自赏、清高冷艳的审美取向，是极富胆略和现代性的创作。他的观察很概念，一掠而过，不刻意于细节，又把握瞬间的情态和四时的变幻。他是透过大气看树木，透过生长看枝干，透过枝干看筋叶，透过筋叶看花果，忽前忽后，时内时外，深入其中，跳出其外。将大自然的随意生发传达于画面，形成笔墨的自由交织，他所把握的是自然整体的蓬勃生命力。他用笔墨的自然阐述了造化的自然，当一笔一墨的生发流动臻于自然了，则一花一叶的穿插亦无不自然，这便是自然之"理"的自然，颇合乎老庄的"道"的理论。做到了这一点，也就达到了"气韵生动"的要求。

我自己也从事书画创作，对艺术创作中的甘苦得失、艰难困顿是有所体会的，因此，对大伟的艺术成就倾心赞叹，对他的精神由衷感佩。现代心理学的观点认为，所有的看和说无不体现着审美主体的个人意识，我今天写这些，也只是以管窥天，得一望十。大伟曾对我说："画要往坏里画。"这句话，振聋发聩，我每每思之，肃然起敬，今天随笔记下这些，以志对这位师友、兄长的敬重之情。

硕如寿相为祥

独拥百花娱情

丹子风物美

沐雨纯风快哉
沐京城大伟写

清逸旷远怀

神会 天际之妙 庚寅年 仲冬 大伟 高空写

凝思

秋兴

中國繪畫隨着時代階段展具與時代審美與
國勢崇与審美李勢与
簡以其筆
清和意味
本决定此試
用以意横肉
岩而求意中
元瀾沐京大偉

锦翠祥集

高秋图

藤阴鸣黄雀

清供

大伴公雨陽洪舍

灼秋并妍

浮可住人峡寺
轻轻寓蕉陵辉
曙漢丁亥大偉
岩花郑州

轻拢雨蕉释旧怀

横枝著
苍随来著
去忠与一
思庭夜舞
乙酉年初夏
月泛承城
注雅南图
紫峰雪峰
大涛雪峰
记雅大泉
□满月

横香窗闻

傲骨不依人含翠
摇风光
戊子大暑
大伟写
于郑州
睿次

含翠摇风光

你不唉家他唉家
人生谁无错
杜天韦写

横野鸣天

16

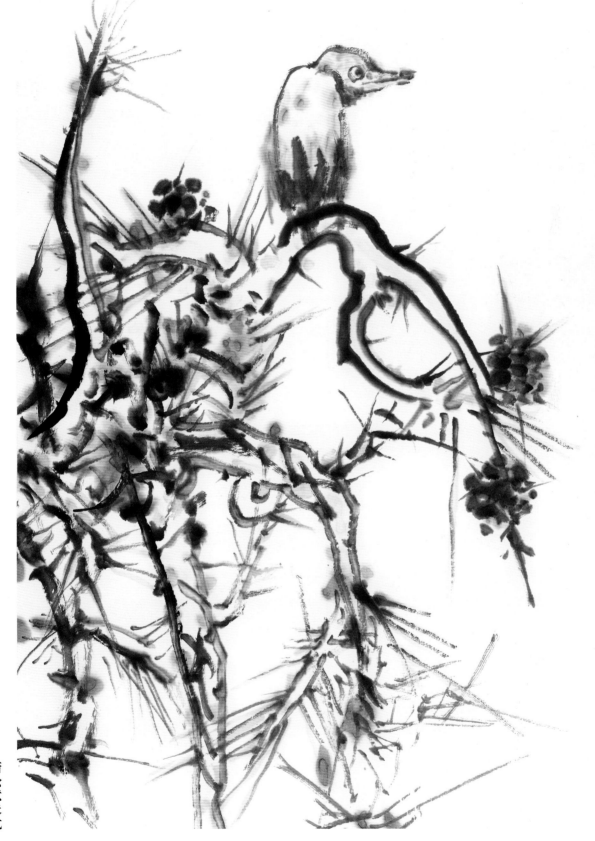

带月吟风常
吟风孤高
孤高伴远
伴远山戊子
山戊子仲夏
仲夏大伟
大伟挥写
挥写之年

踏松意未犹

波间数点红

富华添瑞

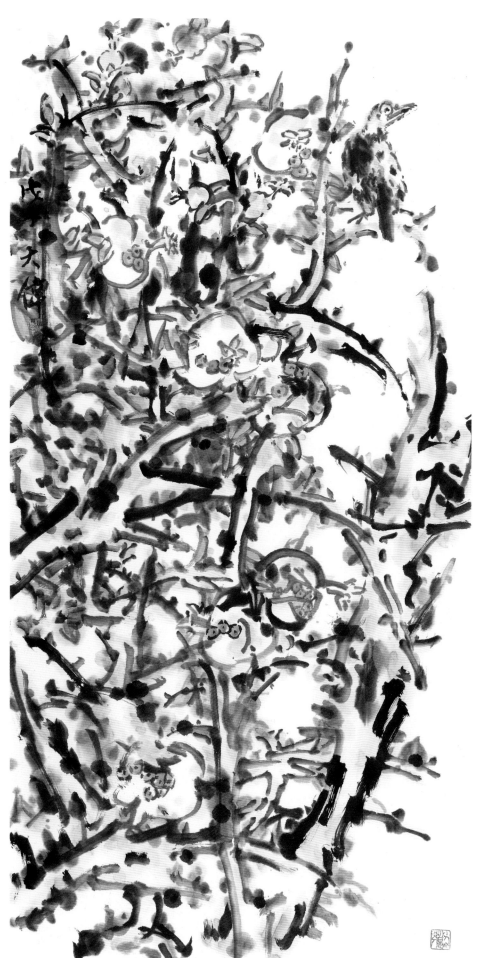

朗秋意旷

春花秋含珠光艳

丹紫灼秋

翠葉吹涼
玉容銷酒
大偉寫

玉容消酒红

23

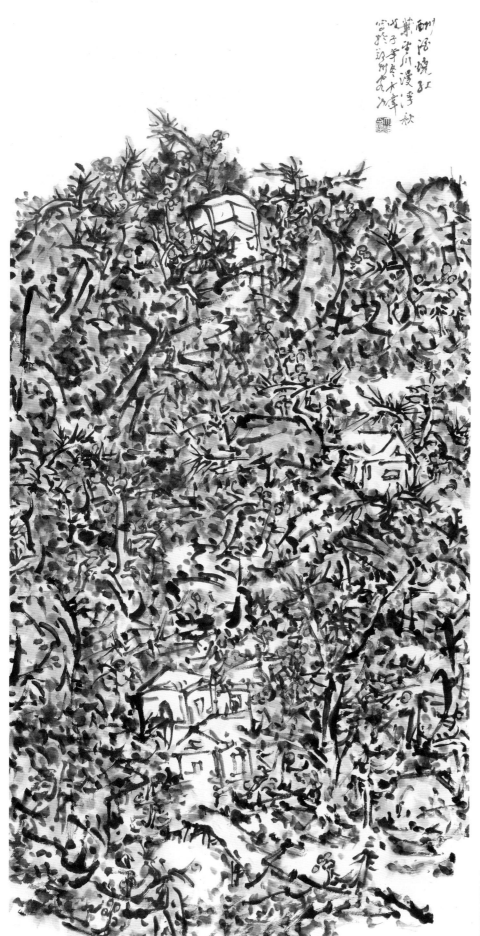

素秋调溪流

24

世事如意

松竹并鹤仙

清旷树集鸦

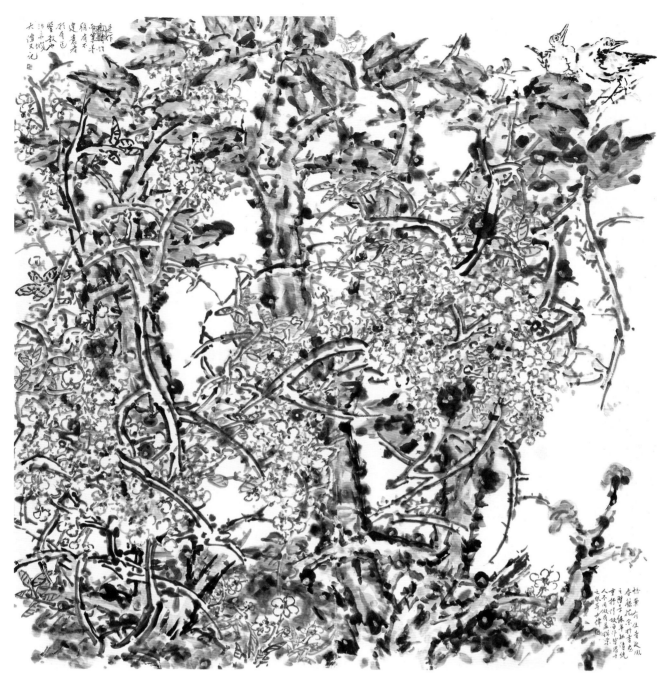

梧桐上藤花

28

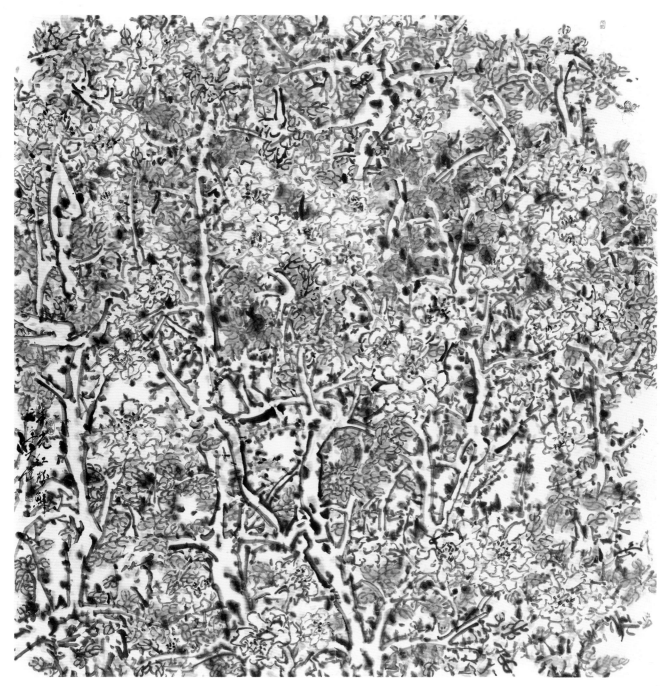

春光红粉鲜

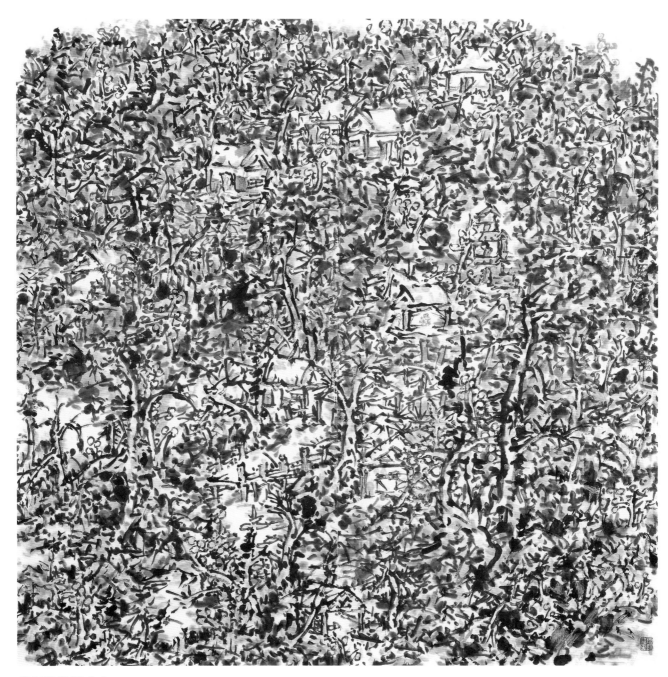

草阁半隐溪山中

旷怀青山老

山绿空意云

小塞
如今
电灯
话汽车
大陆平沙
生

小塞欣逢新时代

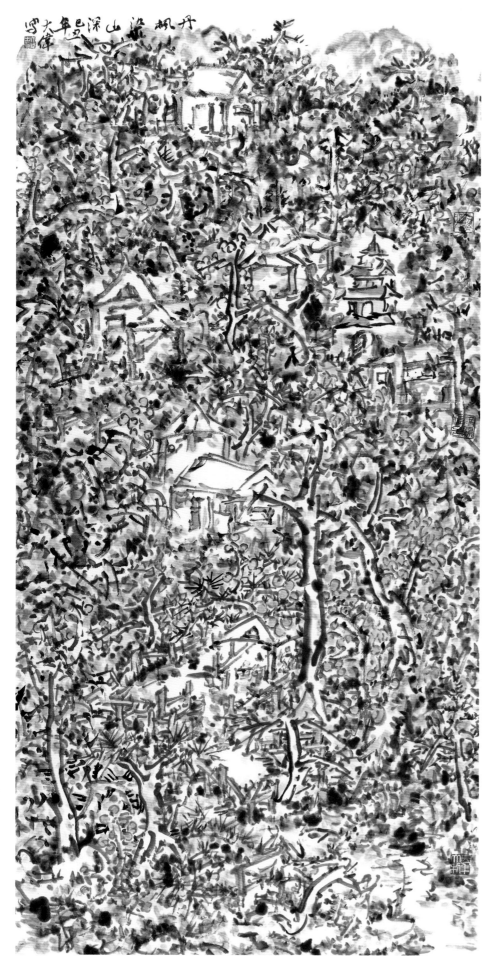

丹枫染山深

34

晚風摧

新斜

碧山

乙丑冬月湘江

大渾空寺

斜竹转山碧

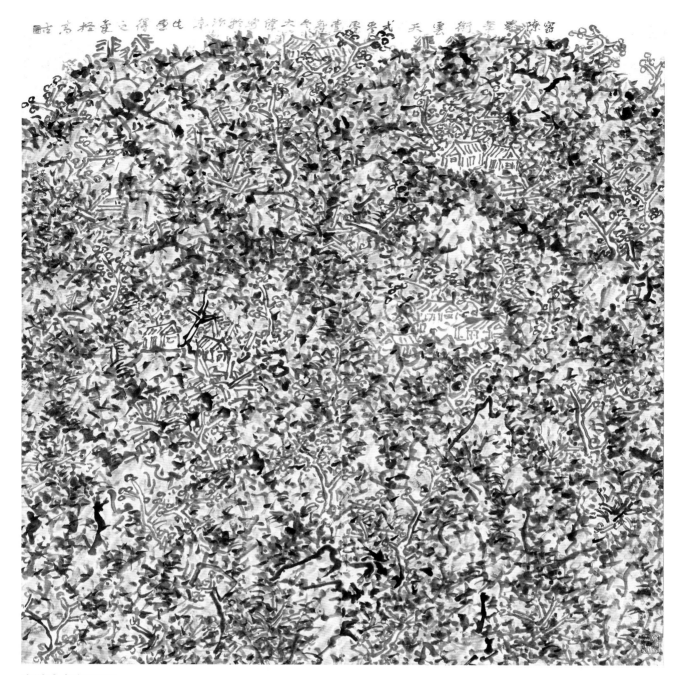

密隙众壑衔远山

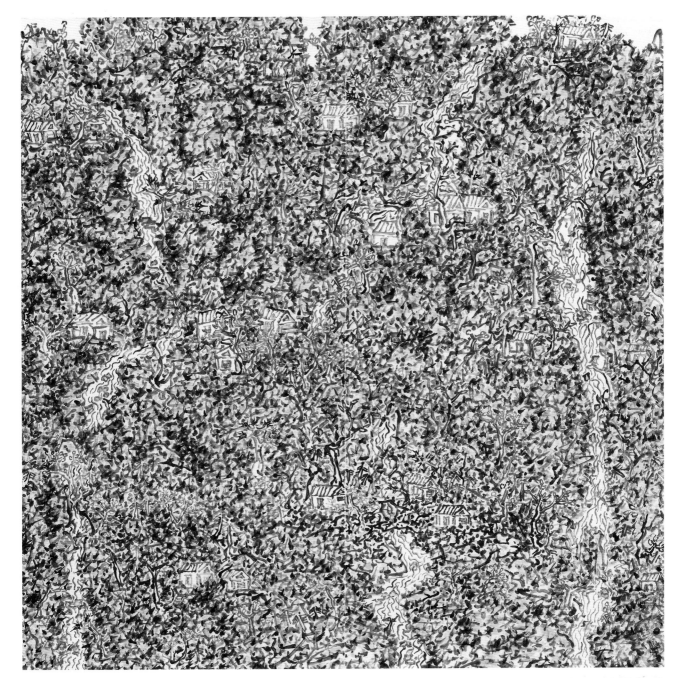

溪山空云

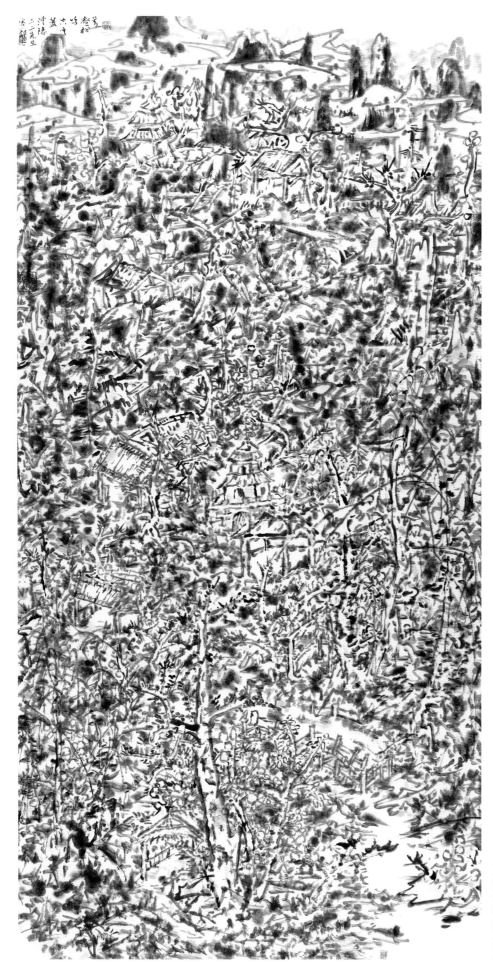

万壑松鸣纵远意

意美天华

神形之佳更有
籁筆墨之精
而水墨墨以着
其大为也大伟好调

宁宁稚影

无题

旧庭相忆儿时心

春景四面闻暖风

春江水暖

锦鲤跃篁丛

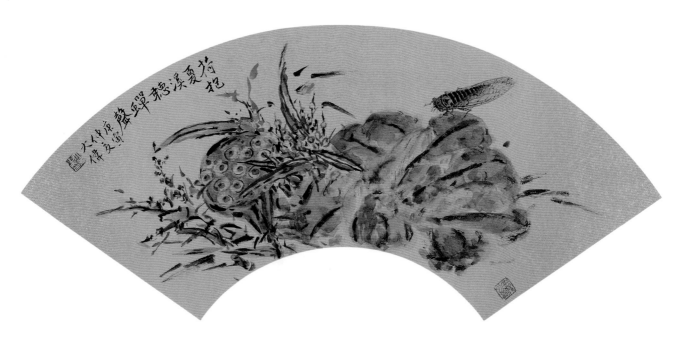

荷抱夏溪听蝉声

拟古

图书在版编目（CIP）数据

杜大伟古韵水墨/杜大伟著.－－北京：北京工艺美术
出版社，2010.6
ISBN 978-7-80526-943-6

Ⅰ.①杜...Ⅱ.①杜...Ⅲ.①水墨画－作品集－中国－
现代 Ⅳ.①J222.7

中国版本图书馆CIP数据核字（2010）第096577号

责任编辑：梁　瑶
装帧设计：田　黎
责任印制：宋朝晖

杜大伟古韵水墨

杜大伟　著

出版发行	北京工艺美术出版社
地　　址	北京市东城区和平里七区16号
邮　　编	100013
电　　话	（010）84255105（总编室）
	（010）64283627（编辑部）
	（010）64283671（发行部）
传　　真	（010）64280045/84255105
网　　址	www.gmcbs.cn
经　　销	全国新华书店
印　　刷	北京翔利印刷有限公司
开　　本	889毫米×1194毫米　1/16
印　　张	3
版　　次	2010年6月第1版
印　　次	2010年6月第1次印刷
书　　号	ISBN 978-7-80526-943-6/J·843
定　　价	30.00元